凡溪詩草

淙銘

代序

雕蟲慚瑣細，才薄忝詩名。
累句更難盡，疵篇刊已成。
藏山笑徒惹，禍樹愧還生。
自讀華年憶，無邀具眼評。

目次

代序／3

五言古詩

月夜初釣凡潭／17
夜釣觀星潭／18
夜釣愛蘭潭／19
歇雨後夜釣凡溪／20
詠懷／21
利稻村／22

天池至埡口道上作／23
過大關山隧道向埡口山莊／24
埡口山莊觀雲海／25
過霧鹿峽谷／26
小野柳／27
里巷兒／28
結業後贈輕塵／29
結業後贈姜怡如／30
歲暮懷曉篁／31
詠李廣／33

七言古詩

南橫行／37
詠懷／40
天池觀星行／41
穿雲歌／42
太乙苗圃宿營行／43
結業後戲贈曉篁／45
返校實習座談後，至南廬社辦，適逢吟唱隊成立盛會，歡樂竟夕。次日復獨坐社辦，淒然有懷，故作此。／46
曉篁寄贈次韻答之／47
一丁慶生行／48

五言律詩

春日郊行用東坡臘日孤山韻／50
題朗世寧畫馬圖／51
山居／55
漫步偶成／56
台東詠兼謝主人／57
返校座談歸後有感／58
春雨中行經校園見滿地杜鵑花落悽然有作／59
寄懷曉篁金門服役／60
安寧病房看護家嚴忽誦王沂孫齊天樂詞有作／61
歷歷／62

七言律詩

鹿港／65
古蹟嘆／66
秋夕獨坐南廬社辦／67
溪山春曉／68
擬無題／69
和簡學長錦松九日華崗登高／70
冬夜／71
卜居中和／72
自中山路舊宅移居寶成世紀皇家社區／73
游泳／74

大稻埕碼頭乘船至關渡喜見淡水河污染整治有成／75
為雅晴雅媛就學師大附中方便，購宅大安區，上學日移居之，戲作。／76

五言絕句

罷卷二首／79
新年作／80
春望／80
望月／81
梅／81
擬長干曲以詠南盧二首／82

七言絕句

學作五絕／83
遣懷／83
漁人碼頭觀夕陽口占一絕／84
初春二首／87
漁唱／88
埔里山居／88
凡溪二首／89
清秋二首／90
春晴二首／91
鹿港題詠八首／92

陽明山賞花四首／96
納涼二首／98
春遊／99
秋夕／99
讀李義山詩六首／100
登樓／103
垂釣／103
對月／104
春日憶簡學長錦松／104
春池二首／105
四月雜詩九首／106
宜蘭雜詠六首／112

春日賞花三首／115
唐朝詩人題詠十二首／117
詠鸚鵡／123
七夕雨／123
碧空／124
落葉／124
秋雨／125
尋／125
燈／126
湖湖旅遊訪內子故居／126
遣興／127

詞

破陣子　落葉／131
如夢令／131
長相思／132
浣溪沙／132
采桑子／133
卜算子／133
鷓鴣天／134
一剪梅／134
江城子／135
賀新郎／136

五言古詩

月夜初釣凡潭

初試執長竿，內心頗自喜。投擲差遠近，釣竿落復起。
生哥笑我呆，三學方得旨。辛苦竿方定，移燈平照水。
茂草隔蛙聲，高樹篩月明。凝視不旁鶩，坐忘冗雜情。
有思漸無思，見我本心澄，凡潭水無波，深恐魚訊驚。

夜釣觀星潭

天朗架竿速，魚稀惟久待。五人結伴釣，各自富趣態。
姐夫癮君子，吞吐方自在。生哥省言語，靜坐欲千載。
表哥頻移竿，盛氣正難奈。騏毅思速獲，微動便驚怪。
銘也喜境新，來回觀四界。身似入畫圖，怡然超世外。
日月雙轉輪，烏沒漸黃昏。黃昏豈能久，夜色滿潭濱。
平躺棄釣竿，仰視驚星辰。久處繁華裡，不見參商陳。
今夕何其幸，遠離濁世塵。悠悠方寸靜，返我本性真。
喜觀天河闊，復與自然親。方知違本久，此中復得根。

夜釣愛蘭潭

凡溪匯南港，愛蘭橋下流。涉水深及腰，垂釣登孤洲。
潭闊夜無人，我輩獨拋鉤。仰觀橋上車，來往無時休。
既知此生速，依然願做牛。衣食已有餘，汲汲若不周。
名利雖可戀，豈如捨營求。欲語無明月，橋燈映水柔。
飛蚊向掌撲，爭食有魚稠。喟然思物類，得訊竟忘收。

歇雨後夜釣凡溪

過雨凡溪急，灘沒無處立。嗜釣興不減，浸水任足溼。
激湍絲難止，累重加鉛子。求穩竿屢換，位定垂釣始。
搜盒取蚓柔，裂之上兩鉤。瀕死激烈晃，懷恨沈濁流。
游魚惟貪食，鉤險竟不識。翻縱難回水，氣憤入網息。
感此深唏噓，沈思勝讀書。宇宙萬類共，自適無靈愚。
物惟求生競，人誘終非正。不擾任物生，方能復本性。
至道有律微，壞之乃人為。天變復飄雨，似欲促我歸。

詠懷

驅車上北邙，古墳碑銘裂。名聲知何用，賢愚共一穴。
誰能超循環，萬物終殄滅。躊躇累長嘆，中心慘不悅。
陰氣切我肌，身凍骨欲折。側見危巖松，蒼翠凌白雪。
肅殺滿乾坤，生機未嘗缺。天德首好生，行之惟聖哲。
博施傳無窮，精神永不絕。乃悟仁者懷，欣然迴我轍。

利稻村

利稻與桃源，清幽兩相侔。今我穿雲來，緩細隨心遊。
村內百人家，屋舍無重樓。雅梅植滿路，萬朵花枝稠。
暮色驅羊歸，野老輕營求。相遇留談笑，桑麻論不休。
良田村外遍，新禾綠油油。騎牛牧童閒，短歌想豐收。
登高攬全景，雲山環四周。碧溪出絕壑，獨向人間流。
兩岸何所見，蘆葦映荒洲。應植桃千樹，好待桃公舟。
陶公嗟不見，我思轉悠悠。性本自然親，久為繁華囚。
滄茫對此景，凝釋消百憂。何時一篇賦，終老隱茲丘。

天池至埡口道上作

朝發上埡口，迂曲續行蹤。陽坡暖日逼，衣緊熱汗濃。
陰坳寒氣侵，忽焉變隆冬。迭見天池莊，路轉山萬重。
遠岫綿縱列，棱脈游長龍。始驚蓬萊島，乾坤靈氣鍾。
碧空低映襯，倍顯壯偉容。巔巔高崒兀，五嶽難為宗。
嗟我塵世人，渺小與之逢。形勞何足論，於茲脫凡庸。
一洗俗眼開，浩然更心胸。昂首宇宙間，吞盡無數峰。

過大關山隧道向埡口山莊

出隧何所見，世界白霧裏。晨行日滿山，倏忽煙嵐起。
同伴咫尺隔，萬事亦屢爾。臨淵路孤危，目礙短難恃。
憑知山莊近，憂虞賴稍止。昂首向茫然，惟覺寧靜美。

埡口山莊觀雲海

埡口生雲谷，幻象堪留連。小亭望遠海，層濤拍絕巔。
巨潮剎那來，密林吐白煙。草向仙境沒，山莊浮若船。
張手空捉握，裂眦望不穿。似真疑非是，兀自盈身邊。
倏忽潮退卻，遺落真可憐。一縷絕壁橫，半朵庭樹纏。
萬變筆難描，聚散只偶然。世事何須問，對此歌虛篇。

過霧鹿峽谷

巍哉天設險，壯哉人力築。峽峭接雲端，一隙天勢蹙。
武呂湍箭奔，深裂露坤軸。健行天人會，浩蕩驚我目。
裸石炸劫餘，千仞絕壁縮。或者恃嵯峨，難逃鑿穿腹。
山根逼入溪，中卻安行轂。昔時萬壑阻，今喜交通速。
聞道古愚公，神明竟畏伏。恐非傳說真，自作得平陸。
徘徊有餘意，昂首儀容肅。世途雖疊障，反身何待卜。

小野柳

億年漲落蝕，成此奇殊狀。岩岸割長條，平列皆東向。
巨石散還亂，倒插仙人杖。表面千百洞，蜂窩恰比況。
攀登望巨洋，微雨心胸暢。層波天際來，衝撞激飛浪。
身微能百載，難與造化抗。今朝何其幸，一游盡兩壯。
下履怪巨石，前攬至浩曠。悠悠古今意，獨得值狂妄。
生平樂極事，志氣正高亢。長嘯蒼茫曲，一向無涯唱。

里巷兒

夜過撞球場，小子迷沈淪。煞氣橫凶臉，邋遢集一身。
喧鬧口不停，穢言何其頻。自失更遷怒，持竿欲敲人。
頑劣實可怪，感慨思其因。側見滿室中，駭目皆莠民。
素絲悲習染，堅白嘆淄磷。履霜見機微，逆亂播紅塵。
年少為小惡，長大誰能馴。速去不敢留，憂心浩無垠。

結業後贈輕塵

歸鄉景不殊，高鄰渺何處。已然移居久，風雅誰可語。
四德身兼備，動天降天助。班蔡詩齊名，李朱才追步。
南廬忝學長，愧君可畏句。美景屢遊賞，三秋共清賦。
艱危繼我職，辛勤殫智慮。如縷獲再興，舉國知組譽。
歡樂正未央，白日繫難住。臨別多所感，是以煩囑咐。
為詩固甚難，千首見坦路。真情馭筆順，仍得箇中趣。
雲飛新接長，事事多呵護。諸子才方出，栽培時相顧。
興隆以持久，組運磐石固。詩思如泉湧，佳篇來尺素。

結業後贈姜怡如

故鄉生奇樹，偏緣北向枝。撫枝徘徊久，累月不成詩。
佳人索我句，推托亦所宜。庸筆寧無贈，至交肯漫為。
憶君初入廬，仍吾引進之。優游久彌堅，三年無改移。
熱心不矜伐，奔走拓邊陲。多士蒙潤澤，大雅聲化披。
為人更足多，所到歡樂隨。坦誠對萬物，識者皆悅怡。
廬中常相聚，摯誼與日滋。二年彈指間，豈願道別離。
歸來愧君信，相憶溢言辭。舊處不我見，觸處盡傷悲。
莫悲少一人，神形分有時。社辦歡娛地，吾心永在茲。

歲暮懷曉篁

歲暮紛百憂，思君山河阻。歷歷往事深，久別還可數。
師大結識日，忽忽年已五。意氣一相投，耿直無吞吐。
吾行苟有失，得君缺能補。君掌南廬社，顧問邀我輔。
齊心弘詩教，翩然上友古。創作抒心靈，吟唱覓律呂。
愛君含殊彩，特立去陳腐。辭亂雖微傷，細繹見機杼。
論文益親昵，不知分爾汝。白日乏繫繩，奔波各異土。
為慰久別離，過我今年暑。雲瀰杉林溪，結伴訪仙旅。
高寒夜共帳，應勝昔李杜。抵掌談平生，快然傾肺腑。
為詩珍敝帚，所遭時人侮。顛狂年少論，唯君心相與。

思君頻入夢，恍惚如親睹。覺來對殘燈，此景渺何許。
雙鯉甲仙至，但道新來苦。分發一後人，謫此荒山處。
頑徒兼俗務，鬱抑心無主。見說驚我懷，可能聽我語。
逆境更發憤，因循愧仰俯。君才如鷙鷹，慎莫忘高舉。
運命操在己，金榜輕易取。待到九月時，重逢共歡敘。

詠李廣

命硬勝虎石，神射亦不穿。茅薦多僥倖，計功困英賢。
白髮刭刀筆，殺降豈為愆。驍勇非人力，謀疏亦自天。
萬戶何足道，逐鹿恨無緣。壯志消文景，承平僅備邊。
若逢雄圖主，一戰靖狼煙。功業垂青簡，盛名萬世延。
伏櫪及漢武，數奇失道先。至此生寧論，天下為泣漣。
稱美以桃李，感激太史篇。哀哉飛將軍，獨以不侯傳。

七言古詩

南橫行

少年應行路萬里，拓廣視界何恢宏。史公弱冠歷天下，
壯遊子美傳詩名。蓬萊山勢須親歷，效法先哲朝南橫。
臺南候車中夜起，首途惺忪晨風輕。黃塵滾滾苦路劣，
轟隆碎石巔簸聲。荖濃溪潛峭壁下，河階圓繞藍流清。
梅山過後轉圈上，高峰絕壑紛來迎。捨車午陽健行始，
天池鏡墨寒波平。紮營養銳野壑凍，明光透帳星為燈。
難眠帳外手足僵，天河坐看衷心傾。捲雲飄忽蔽初日，
乍明乍暗終轉晴。背包沈重步猶速，此行本為勞吾形。
中央山脈巨龍伏，南一南二連長屏。藍天萬峰勢更盛，

冥想縱走何時登。天池站遠迭出沒，迴壑九折恆躋升。
關山午後忽雲漫，難料天變徵身驚。風寒埡口不可留，
過隧濃霧迷前程。茫茫咫尺失同伴，山莊歇久心方寧。
清晨煙靄陣陣起，低翔絕谷烏鴉鳴。來時白吞景物沒，
去時雲海波翻騰。登車午後下利稻，懸差地勢穿雲層。
前途霾沒向何處，此路或可通武陵。白煙飄渺砌幻境，
飛仙我欲朝天庭。深憂失路墜絕谷，駕駛篤定緣百經。
霧開壑抱利稻村，儼然屋舍桃源徵。原民閒適暮色歸，
欣然自足無所爭。新苗風偃綠意盛，紅白簇簇繁梅英。
清幽景物可終老，一思暫過惆難勝。翌晨徒步入峽谷，
偉哉人力能鑿陘。舉頭窺天一線窄，炸餘蜂壁危將崩。

俯觀武呂裂厚坤，巨石湍白深淵青。隔溪路近百丈下，
曲折久至多迂縈。山頹霧鹿僻村小，已見商店侵文明。
天龍吊橋晃絕谷，來去足底虛寒生。登車疾馳旅事畢，
餘情永繫山川盟。襟懷見識此行廣，更覺文氣充以盈。
已儲佳句錦囊溢，何時一一詩篇成。沈思美景歷在目，
回看雲際無限情。

詠懷

君不見西潮橫溢浩無涯，長城萬里終難遮。禮樂器物異前代，
即今幾家是漢家。慘慘乾坤陰氣罩，學鳩斥鷃亂喧鬧。
唐月難比胡月圓，竟至恥為黃膚貌。不須聞此心傷悲，
本根仍在勢未危。覺醒由來因巨變，煉取精髓正其時。
儒冠多誤任他誤，聖人大道誠可慕。惟此能解生民惑，
覓回自尊再展步。剝復損益屢相因，周命自來重維新。
大鵬已待扶搖萬里超諸洋，且看旭日光芒破夜邀此身。

天池觀星行

紮營不寐蟲聲絕，池畔獨坐膚欲裂，仰觀繁星何列列。
長河橫亙連池隈，仙槎緩緩迎我來，相邀九霄共徘徊。
盈盈天漢金風急，填橋仙鵲何時集，牛女相望還相泣。
嵯峨宮殿悲廣寒，玉兔桂樹生意殘，嫦娥無處逃孤單。
倏起妖霧神思蔽，驚覺天狼墜塵世，恨無長矢射狠戾。
即今求真術昌明，不許幻想浪漫萌，眾星迢遙不關情。
君不見華城密燈射天失此樂，卻尋數星之趣到野壑。

穿雲歌

無窮雲霧飄渺幻境藏，車行挾風穿入其中央。
白雲隔窗語，邀我遊異方。脫形奔窗外，天地浩蒼蒼。
織女引路至帝所，上帝勸我流霞觴。一飲百斗竭，
身輕得翱翔。乘蛟龍，御鳳凰，剎那行蹤遍八荒。
臨睨俯紅塵，螻蟻正遑遑。幾多斗筲奔競走，
揮手相謝無停韁。上游三清界，老君爐丹香。
至道豈易悟，服食身多傷。長生之樂誠可慕，
仙鄉雖好非吾鄉。長抱腐儒志，骨朽亦何妨。
我今作歌歌聲狂，窗外白雲更茫茫。
塵世久苦理智事實多拘束，何不須臾縱心幻夢任飛揚。

太乙苗圃宿營行

暗天吞山急雨之陰濛，兼以刺骨凜冽之寒風。太乙諸子苗圃道，
衝風冒雨一切逆境空。同門四班今盛會，八十餘人樂和融。
分組事晚炊，互助一室中。熱氣騰騰，烈火熊熊。
七手八足亂交替，須臾共享美饌豐。枯木已聳架，靜待歡清夜。
扮巫禱祝高潮始，火炬揚舉且將下。嗟我太乙眾兄弟姊妹屏息聽，
彼此相愛相親到永恆。投炬著油迅爆裂，剎那烈焰直衝九霄騰。
眾人歡聲雷動驚天府，意氣風發椅當鼓，百戲具陳歌且舞。
放懷不知夜深沈，那管寒氣籠苗圃。散歸營舍好夢酣，
披衣徹夜餘兩三。圍坐餘爐暖，萬象共長談。

夜遊苦雨阻，不得窮幽探。東方漸白氣愈寒，
重燃烈火備晨餐。神氣再旺飽食粥，整隊遊戲繞山谷。
設關六，爭先逐，齊心濟險爭和睦。但覺興高行若電，
滿山風雨魑魅皆畏伏。歸去城中樂未央，太乙親愛傳統與山共久長。

結業後戲贈曉篁

君不見曉來萬物沐煦陽，蓬勃生機正舒張。南廬之篁世無雙，乘時變化凌雲翔。智燭物理解疑紛，大度幽默善和群。德者豈能久潛藏，眾望所歸拱為君。天授才氣高一世，奈逢無人乖運勢。古調後生多不愛，幸君繼長青黃際。首重言辭廣搜羅，誠安既來融且和，廬中歡樂日日歌，中興氣象人皆多。復興文化不得休，奔走吟唱著動猶。才子才女勤創作，舊詩舉國拔頭籌。長老四年興衰閱，對此昌盛何喜悅。君頻顧問成至交，多情蔥公不忍別。別後先憂見此篇，心繫泰否如臨淵。輔佐新人聯舊部，齊力社運方昌延。殷勤更為君三祝，修德口舌常約束。養體茹素不如肉，莫使四育缺兩育。

返校實習座談後，至南廬社辦，適逢吟唱隊成立盛會，歡樂竟夕。次日復獨坐社辦，淒然有懷，故作此。

滿天陰霾迎我歸，寒氣逼人佈嚴威。四年絢爛已沈寂，
一身疲病詩力微。百年大計須投入，師道重任豈敢違。
自笑高攀潛龍列，一接歸令心已飛。廬中別久已是客，
盛情相待仍如昨。歡笑自謂已埋藏，誰料一朝塵封竟抖落。
障水東流非不流，決堤浩浩仍向東。更湧波濤天高之洶洶。
吾心原已冷灰熄，撥開冷灰乃見烈火仍熊熊。社辦難得此沈靜，
假日人渺供吾省。詩書三月未曾顧，辜負諸君期許愧形影。
陰陽移易二日間，一事牽繫情懷未敢騁。歸去歸去兮歸去來，
吾廬雖好終須回，吾黨小子狂簡不知裁。

曉篁寄贈次韻答之

遙接君詩醒詩魂，恨不萬感一夕說。俗務纏身意志弱，
消蝕初心過饕餮。平生最重唯友情，君頻入夢未曾絕。
相思苦隔雲山闊，唯將孤寂自怡悅。永憶共帳杉林溪，
高寒人生話擇抉。未來轉瞬成往事，現況如何愧君訐。
風流放眼論時賢，深慚自期竟久輟。雙鯉揭來雷威震，
血氣澎湃翻攪熱。荒山僻靜市朝忙，共抗境遇自覺劣。
肩擔沈沈人生苦，以之釀詩超悲咽。辭何樸直意何醇，
無限天真散芳洌。誰能南廬生歡樂，氣氛不再緣君缺。
諸友思君我最深，知君責切情更切。若問別來何其懶，
玉壺一片仍似雪。躍馬四月揚君才，青雲志氣挹無竭。
我亦電話報佳訊，暢懷歡聚笑到噎。

一丁慶生行

丁丁復丁丁，三月鳥鳴何嚶嚶。竟日盈吾耳，
聊為歌行答盛情。去歲助教相處多，數來相訪遍識名。
遂得歡心日積好，嘉會見邀真吾榮。聚一班兮群英，
藉周末兮慶生。眾力集兮成和洽，歌且舞兮相鬥逞。
百慮忘兮情懷縱，皓齒啟兮歌聲清。含無窮之雅韻，
勝出谷之黃鶯。曲接曲，聲和聲，至今繞樑猶縈迴。
成雙隨樂翩翩起，往復迴環縱復橫。腰支婀娜蓮步轉，
宛若芙蕖擺風輕。或扮偶人之巧似兮，擺怪態而任舉擎。
或猥瑣瑣之笨偷兮，滿座噱而幾欲傾。或訴神話兮託意遠，

願有情人兮美眷成。場景連變兮難縷記，末送奇花兮有靈精。
最是高潮賀壽星，鮮花在手燭光瑩。三願我已默默許，
諸君青春長好是衷誠。

春日郊行用東坡臘日孤山韻

桃滿山，柳繞湖，湖光山色俗慮無。暮春時節物華盛，
好友踏青邀相呼。融洽和樂隨妻孥，游人臉現天倫娛。
盡情坐遍錦茵草，更穿花徑喜縈紆。野趣沽酒有茅廬，
滿目風光不可孤。更上畫舫聆絲管，蘭槳桂棹碎綠蒲。
長嘯放懷驚千夫，興來忘歸到日晡。請喚東君說吾願，
生生長在此畫圖。感彼造化巧有餘，且隨莊周自在蘧。
樂事極矣愁逃逋，亟取彩筆一描摹。

題朗世寧畫馬圖

國畫重神意無窮，西畫纖毫畢肖同。千年流衍萬里隔，
誰能兩美一幅融。朗君遠從海上至，異才作畫內廷中。
浸潤參合數十載，集成中西登極峰。開卷八駿驚絕藝，
尋繹筆筆皆精細。神態光影栩如生，弱柳雲煙色彩麗。
圉人輕撫憐愛深，鞍轡去身無羈繫。碧草芊綿軀渾圓，
無所騁足悠閒意。萬里奔騰真龍驤，朝胡暮越定八荒。
與人生死同一德，猛氣衝敵銳難當。大將既畫麟閣上，
雄姿相隨永垂光。壯士畫馬難比並，迴立長嘶向蒼茫。
承平眾馬同碌碌，駿駑同皁多耗穀。齒牙徒長猛志消，

忘卻電掣展逸足。萬匹雷同分辨難，太僕唯知挑多肉。
山河壯闊已無心，留連碧草苑中蹙。況今機械文明時，
千里一日猶嫌遲。平生不識畫中趣，偶隨名作發論痴。
題畫自古推老杜，豎子短長愧費詞。神駿不知發狂想，
嘵嘵恐惹伯樂嗤。

五言律詩

山居

散漫塵囂外，山光處處詩。
晴窗山翠入，幽室鳥音瀰。
養氣書千卷，塗鴉筆一枝。
忘言識真意，五柳是吾師。

漫步偶成

無尋行漸遠，萬物正嶸崢。
潛壑澄溪碧，迎陽綠野明。
梯田新稻茂，路樹亂蟬鳴。
坐看閒雲起，悠然趣自生。

台東詠兼謝主人

台東形勝地，縱谷大洋間。
市樸心同靜，街寬行自閒。
岩奇小野柳，花鬧鯉魚山。
地主東南美，懽遊欲忘還。

返校座談歸後有感

莫言歸去好，歡樂更傷神。
暫起顛狂興，能如瀟灑人。
層塵開一夜，重責稟終身。
美夢晨來覺，還同小子親。

春雨中行經校園見滿地杜鵑花落悽然有作

杜鵑何處去，細雨獨行時。
暮掩紅樓舍，珠瑩碧樹籬。
疑簪香鬢滿，佇看濁泥欹。
開零恍春夢，疏鐘到路陲。

寄懷曉篁金門服役

從戎赴前線，相憶更悠悠。
一水神州近，長風太武秋。
盧惟多舊物，雁豈解離憂。
還待歸來日，無眠話壯遊。

安寧病房看護家嚴忽誦王沂孫齊天樂詞有作

目逕長廊靜，舒身踱步遲。
求神慟孺慕，唸佛解嚴悲。
病翼寧重振，枯形日以疲。
高樓送斜照，忍誦碧山詞。

歷歷

歷歷昨夜夢，曉來何處尋。
觀山雲起滅，臨水梗浮沈。
葉落春緣盡，雨收秋意深。
迷途豈堪問，失卻是初心。

七言律詩

鹿港

完存古蹟久心傾，不盡幽思鹿港行。
已矣通都渺帆影，依然小鎮重人情。
淒涼舊宅榮新宅，喧鬧車聲靜燕聲。
滄桑衹今何處覓，遙須廿里看潮聲。

古蹟嘆

常憐古蹟弔浮沈，歷遍滄桑歲月深。
昔日堂皇餘想像，今朝冷落共沈吟。
空聞維護時時議，不意凋零日日侵。
鬧市路旁誰見得，紛紛車馬過無心。

秋夕獨坐南廬社辨

金風習習已涼天，獨坐燈前愧白箋。
旋室豈能消寂寞，回頭只覺更茫然。
沈思薄力悲今我，感慨嘉言慕昔賢。
四載南廬多少事，一鉤新月又將圓。

溪山春曉

連翩啼鳥戲朝暾，拂面春風陣陣溫。
深谷桃花繁野徑，危巖柏樹聳雲根。
人間不識塵心隔，世外今知雅意存。
水帶落英何處去，漁郎向此問桃源。

擬無題

亂奏瑤琴過四絃，清音寂寞寫華年。
夢來真化莊生蝶，春逝還同望帝鵑。
即令機緣能聚淚，終隨玉石一成煙。
還諸缺憾閒來憶，彈到無聲月不圓。

和簡學長錦松九日華崗登高

英雄豈在著戎裝，筆掃千軍更勝槍。
能衛斯文昭史策，莫隨華髮嘆重陽。
高秋目縱八荒志，落日風寒一己當。
世事多端須奮起，共迴天地造康莊。

冬夜

無私造化到蓬萊，地暖風光未盡摧。
黑夜極長紅燭短，一年將去百憂來。
霜蟾落寞雲遮薄，木葉蕭淒氣撼哀。
耿耿憂懷緣感物，低吟不寐起徘徊。

卜居中和

購宅中和事偶然，嬌妻工作兩能全。
輕擔深謝慈雙老，重債還須扛一肩。
暖意空房隨物滿，和風長巷識鄰賢。
生根異地成家後，奮力從今自策鞭。

自中山路舊宅移居寶成世紀皇家社區

總緣環境擾心靈，忍捨寬房換窄廳。
連棟巍峨光始煥，滿庭芳馨樹已青。
閒遊稚女安無礙，好潔嬌妻樂且寧。
我愛藍池消暑熱，健身游泳養神形。

游泳

中庭最愛一池藍，暑熱全消樂且耽。
為有辛勤學蛙苦，換來自在比魚諳。
烈陽穿水光暈亂，健體劃波冰意涵。
技拙慢游常阻道，任他高手促無慚。

大稻埕碼頭乘船至關渡喜見淡水河污染整治有成

堤外灘頭覓渡津，百年繁盛渺煙塵。
陽明翠嶺隨船秀，關渡金甍映水粼。
惡濁昔悲人遠避，微腥今喜眾來親。
風光更俟河清日，容與蘭舟泛月頻。

為雅晴雅媛就學師大附中方便，購宅大安區，上學日移居之，戲作。

蝸居且莫訝貲饒，五去日來週燕勞。
地貴南鄰城肺綠，巷幽東對劍樓高。
晴憂夜讀歸家晚，媛念晨興上學勞。
孝女於今新課業，三年債重莫牢騷。

五言绝句

罷卷二首

其一

欲究無涯境，有涯難得閒。
何當踏青去，自在賞青山。

其二

閒情罷卷開，意興更悠哉。
短笛瓜棚下，觀魚自往來。

新年作

道德久沈淪，烽煙舉目頻。
道衰木鐸杳，嘆息歲華新。

春望

初霽登樓望，無塵景緻新。
天涯雨色盡，紅綠自爭春。

望月

砧聲動寒暮，月色透簾明。
一醉猶頻望，難消羈客情。

梅

瘦幹疏籬外，素華隨序繁。
就君薰雅潔，相對久無言。

擬長干曲以詠南盧二首

其一

年少懷古道，詩詞心仰慕。
欲問南盧津，煩君暫停步。

其二

莫言知音少，風雅且相親。
與君歌古調，同是南盧人。

學作五絕

五絕古來難，非關智慮殫。
何當神筆至，咫尺起波瀾。

遣懷

落寞恆中暫，胸懷濃以淡。
仰觀天宇高，智下寧知憾。

漁人碼頭觀夕陽口占一絕

淡江連碧海，艇快若飛航。
木道長堤盡，長風送夕陽。

七言绝句

初春二首

其一

潺潺暖水掩寒沙，老樹紛紛吐嫩芽。
北燕知春歸去急，明朝紅綠滿天涯。

其二

和風細雨柳條斜，景色清新處處嘉。
莫道行吟郊野去，疏紅今日未成霞。

漁唱

皓月微風網穫多，漁歌互答樂如何。
漫將多少興亡事，譜入清商逐浪波。

埔里山居

青山四繞送清涼，暑氣無緣到此鄉。
午鬱迅隨雷雨去，觀虹猶得著秋裝。

凡溪二首

其一

衵龍翠色入凡溪，靜淨澄流北復西。
來往無人唯草茂，晨光露冷獨聞雞。

其二

幽谷凡溪翠色何，凡潭縹碧靜無波。
陡坡斜路人難至，惟有釣徒時放歌。

清秋二首

其一

露白天青草木黃，風微雲薄氣蒼茫。
雁行遙沒關山闊，帶訊何日到故鄉。

其二

天高垂碧暖陽光，爽爽風微稻浪黃。
結伴尋秋郊野趣，登高共醉菊花觴。

春晴二首

其一

紅綠崢嶸風送香，鶯啼燕語鬧晴光。
酒旗何處無須覓，天地春濃盡醉鄉。

其二

紅霧長堤雜綠楊，和風水暖動波光。
尋幽雅興徐徐賞，吟得踏青詩句香。

鹿港題詠八首

文開書院

斷牆焦柱想宏規，院落無人亂草滋。
一代文場餘劫火，不堪低詠夕陽時。

文武廟

朱黃漆褪見衰徵，對此蒼涼意不勝。
廟靜無人來日暮，一書孤老守昏燈。

文昌祠

久廢乏修誰與論，古祠斑駁漸黃昏。
一朝科舉停開後，無事文昌深閉門。

天后宮

護佑生民顯聖靈，香煙裊繞滿中庭。
信徒誠意常修繕，廟貌輝煌古意零。

龍山寺二首

其一

院落遊童開笑顏，迴廊奕老意悠閒。
虔誠正殿多香客，唯有騷人見剝斑。

其二

廣深舊製勢非凡，三進人稀朽柱杉。
古意低徊留我久，心聲燕語共呢喃。

紅磚路

窄巷紅磚古路餘，通衢昔日可唏噓。
先民過盡今人過，燕子依然入舊居。

民俗文物館

實物珍藏入眼紛，細觀遊客意欣欣。
時移舊事終難復，徒與後人增見聞。

陽明山賞花四首

其一

陽明春色舊曾諳，今日尋幽雨正酣。
待得雲收山淨後，清新花景一為探。

其二

小徑穿梭自在身，花香郁郁醉騷人。
風光無限難圖畫，詩句一歌天地春。

其三

群芳怒放鬭嬌妍，朵朵得時三月天。
萬物逢春生意盛，賞花人亦值華年。

其四

東風又帶雨纖纖，忍對飛紅滿徑添。
歸去匆匆回首處，多情觸目盡愁淹。

納涼二首

其一

輕舟載酒繫垂楊，葵扇輕揮玉簟涼。
閒話江南採蓮事，芙蕖香氣滿橫塘。

其二

雨收雲散月如霜，攜簟瓜棚納晚涼。
疏懶此身無所事，舉頭一一數星光。

春遊

春來無處不堪遊，縱馬狂歌樂未休。
淑氣九州同浩浩，好風重綠曲江頭。

秋夕

千山蕭索雁南征，皓月嬋娟天宇澄。
故里愁人應共看，清光照徹九州明。

讀李義山詩六首

其一

有感權閹亂帝闈，唐衰寓痛夕陽微。
一篇忠憤西郊在，後世竟留無行譏。

其二

可憐才命兩相撓，難把鵷雛猜意逃。
滄海一杯春露冷，天涯定定老青袍。

其三

不教屈宋擅才華，香草微言奧博誇。
學杜取神非襲貌，高情遠識自成家。

其四

麗詞深典令人迷，獨擅千秋有玉谿。
神會深情拋獺祭，不須毛鄭鑿無題。

其五

華年情境惘追尋，錦瑟無端感慨深。
美景糾纏多恨事，而今曉夢嘆春心。

其六

春心既已共花爭，秋恨枯荷必定成。
吐盡柔絲蠶未死，千年觸動幾深情。

登樓

水連天際千山小，烈烈風寒百尺樓。
已是高超白雲外，不朝塵世再低頭。

垂釣

空潭澄徹是吾居，皓月持竿意有餘。
但解營求成底事，誰能更唱食無魚。

對月

嫦娥今世已非仙，未絕人間神話篇。
縱使乘槎能犯月，多情依舊喜蟾圓。

春日憶簡學長錦松

賞春雅集鬬詩篇，鳴鳥嚶嚶高樹巔。
軍壘偷閒相憶否，廬中日盼寄華箋。

春池二首

其一

暖水漫漫柳拂煙，繞池春草翠芊綿。
更登樓上思佳句，惆悵無因夢惠連。

其二

碧映鮮紅池景妍，佳人獨泛夕陽船。
春風無賴閒吹皺，驚散鴛鴦心渺然。

四月雜詩九首

校鐘破裂

啞音木響不堪聞，獨對紅樓斜日曛。
相警四年無限意，為君長嘯遏行雲。

清明即事

祭掃清明燃紙灰，高崗人滿盡銜哀。
疊墳盈眼無閒地，更眺城中誰又來。

怡慧姪女

玉顏行看類霜蟾，哭鬧時稀總笑甜。
無事雖容生客抱，雙親一見勝膠黏。

喜邱財貴學長過訪

不期相訪愧高情，一室茶香對語清。
山隱讀書多哲思，歸來發論本心明。

學書

清宵對帖緩模形，百慮空澄入窈冥。
學字能知沈靜趣，深流一道潤心靈。

南廬社辦喜汪師雨盦過訪

夫子高名久服膺，南廬忽過喜難勝。
為嘉吾輩勤書意，即席揮毫示準繩。

春雨

密雲微黑壓天低，細灑暮春寒雨淒。
滿眼傷心行路緩，亂紅無數覆芳泥。

有鳥

有鳥青冥不顧微，無知獨恥折風飛。
盤旋未下安枝宿，力盡仍尋巨木歸。

遣懷

一尋世路萬風波，心黯陽光可奈何。
誰念他人傷嘆息，但彈長劍莫高歌。

新竹

穿石初生嫩綠容，心虛幹直脫凡庸。
微軀已蓄參天勢，指日凌雲化作龍。

榕陰

為避炎蒸到綠陰，垂藤深處聽蟬吟。
清風徐翻淵明卷，猶是羲皇高臥心。

宜蘭雜詠六首

五峰旗瀑布

上盡層階為壯姿，垂絲無力可酬詩。
逼人飛霧轟隆響，想像相逢暴雨時。

北關

山入大洋成偉觀，北關形勝鎖宜蘭。
伴吾天籟岩陰處，咫尺波濤午憩安。

海岸公路即景

新春無復插秧天，眼裏水車聲正喧。
他日麻姑應不識，朝朝沃野變蝦田。

龍潭

龍潭曲水碧沈沈，倒映左涯樹影深。
自在輕舟樂賓主，放歌昔日社中吟。

吳沙

三面高山一面洋，平疇誰識有蘭陽。
撫番揭來開新域，百代安居偉業長。

贈小楊

猶見當年卓爾才，重逢雅舍笑顏開。
陽蘭名士寧思土，壯志上庠能不來？

春日賞花三首

其一

郊原微雨更憐花，料峭春寒未有家。
剪取新苞春半放，清新盈室伴年華。

其二

郊原風寒帶雨斜，迷濛霧氣隱人家。
東君有意憐花冷，為遣春煙做薄紗。

其三

嬌艷憐無百日花，春殘忍見委泥沙。
片香輕拾書中夾，留待他時憶物華。

南廬迎新即席有作

清夜迎新歡樂深，歌吟曲曲度金針。
吾愛吾廬傳來者，千古風流大雅音。

唐朝詩人題詠十二首

陳子昂

英姿風發碎胡琴，振起斯文豈惜金。
一掃浮華六朝病，洪鐘先導盛唐音。

王維

山水田園覺一新，悟禪遺貌寫精神。
言詮不落風華甚，千載還推奉佛人。

孟浩然

命蹇功名誤上書，洞庭垂釣換歸廬。
謫仙傾倒知音在，散朗田園味有餘。

李白

風華百變嘆多方，俠道仙心賦激昂。
萬化神奇驅筆下，氣吞江海掩三光。

杜甫

盛時憂患見機先，詩史名高著鉅篇。
顛沛九州窮以死，光芒不滅萬年傳。

岑參

黃雲瀚海戍人悲，石走風狂絕域奇。
最有雄豪邊塞客，盡搜異景筆無遺。

白居易

感時諷諭寄歌謠，樂府新聲補聖朝。
平易至今如目睹，自然有味不蟲雕。

韓愈

南山聿兀傲蒼穹，誰是騷壇命世雄。
造化原俱千萬態，橫空排奡待韓公。

柳宗元

年少才高獨遠游，唯尋山水慰離愁。
天成更待題清景，雙美爭輝是柳州。

李賀

鬼才詩就盡瓊瑰，冷艷新奇命亦摧。
應是華年馳騁日，玉樓赴召最堪哀。

杜牧

維揚俊賞寄閒情，最憾平生好論兵。
駿馬奔馳輸筆快，千秋豪艷莫能爭。

李商隱

用意深藏豈有題，非誇華藻令人迷。
春心百鍊成精粹，蘊奧無窮唯玉谿。

詠鸚鵡

能言造化賦奇才，假以時光萬卷該。
更著衣裳遮翠羽，口宣仁義有心哉！

七夕雨

纏綿不許世間看，蔽宇高雲雨送寒。
最是盟詞無見證，雙雙兒女起長嘆。

碧空

高宇無瑕碧絕倫，清光洌洌正精神。
紛紜顏色經秋後，掃盡層陰見本真。

落葉

節序難違別故枝，隨風遠逝竟何之。
偶然相聚還吹散，厮守餘生意太痴。

秋雨

無端少昊淚闌干，斷續稀疏夜漸殘。
節氣感人難入夢，明朝塵世倍加寒。

尋

指間流水歡娛事，幾許殘痕不去心。
年少殷勤驚覺起，蝶蹤難覓月西沈。

燈

冰蟾未上孰先迎，山水高懸觸處明。
最是長宵微送暖，沈思前事動幽情。

湖湖旅遊訪內子故居

伴妻攜女訪原鄉，舊宅重回已廿霜。
地變路寬尋覓久，滄桑同感立斜陽。

遣興

臨罷蘭亭帶墨香，操場散步意悠長。
白雲為紙書空久，爽氣多情月送涼。

詞

破陣子　落葉

盛綠高枝盡褪，枯黃故里新辭。迢遞隨風風未定，蕭瑟為秋秋豈知，飄零何已時？　芳圃叢中靜定，錦茵深處棲遲。不減深情君莫掃，來歲繁花待潤滋，殘軀無限思。

如夢令

麗日春風蝶舞，錦瑟芳樽詞賦。好夢覺來時，窗外只餘朝露。何處？何處？此度花開又誤。

長相思

花有心，水無心，欲結同心竟碎心，何能復舊心。
情太深，痴更深，細數愁深夜已深，雨寒春正深。

浣溪沙

咫尺芳城隔水盈，西瓜佳節許人行，殷勤誰訪正誰迎。
一室清歌聆雅韻，幾回巧笑動幽情，斜陽歸去悵難平。

采桑子

衷情欲訴還難訴，得亦熬煎，失亦熬煎，得失熬煎不敢前。
深宵白晝常相遇，夢也無言，見也無言，唯有無言最可憐。

卜算子

投石激横塘，惆悵波難靜。月好風清似舊年，不見鴛鴦影。
小徑落花深，委地誰憐省。覓遍殘春踽踽歸，一任清宵冷。

鷓鴣天

每遇開顏甚自然，相知定結幾生前。言雖瑣細無殊事，意卻幽微有異憐。　祈似夢，恐如煙，真心一現失無言。為留來日盈盈笑，甘用深藏護此緣。

一剪梅

默想輕翻夜正長，景物如新，紙已微黃。幾番殘夢太匆匆，一段幽懷，一段神傷。　容易深藏豈易忘，但把悲歡，付與流光。而今平淡似心齋，不是寒灰，只是滄桑。

江城子

良宵明月正高懸，為誰妍，惹傷憐。未減清光，往事已如煙。漫取吉他歌一曲，方撥動，盡哀絃。深知別後久情遷，續前緣，總虛言。縱使相逢，豈再共嬋娟。肯問天公支後世，終不若，此生圓。

賀新郎

久雨愁絲亂，獨持書憑窗觀景，街前小傘。傘下雙鴛盈春意，驀地心馳影幻。動他日無成幽願。定局塵封掀抑鬱，儘悲歡得失思量遍。恍神處，已行遠。　華年亦遇夭桃綻，謾蹉跎芳情零落，機緣莫挽。抉擇何難離何易，勇往人生或變。變何是痴懷紛現。喝醒沈迷書墜地，縱波翻浪湧須臾散。嬌女鬧，老妻喚。

國家圖書館出版品預行編目

凡溪詩草 / 楊淙銘著. -- 一版. -- 臺北市
：秀威資訊科技, 2008.10
面； 公分. . -- （語言文學類；PG0209）

BOD版
ISBN 978-986-221-097-0（平裝）

851.486 97018950

語言文學類 PG0209

凡溪詩草

作　　者 / 楊淙銘
發 行 人 / 宋政坤
執行編輯 / 林世玲
圖文排版 / 郭雅雯
封面設計 / 李孟瑾
數位轉譯 / 徐真玉　沈裕閔
圖書銷售 / 林怡君
法律顧問 / 毛國樑　律師
出版印製 / 秀威資訊科技股份有限公司
台北市內湖區瑞光路583巷25號1樓
電話：02-2657-9211　傳真：02-2657-9106
E-mail：service@showwe.com.tw
經 銷 商 / 紅螞蟻圖書有限公司
台北市內湖區舊宗路二段121巷28、32號4樓
電話：02-2795-3656　傳真：02-2795-4100
http://www.e-redant.com

2008 年 10 月 BOD 一版
定價：160 元

讀　者　回　函　卡

感謝您購買本書，為提升服務品質，煩請填寫以下問卷，收到您的寶貴意見後，我們會仔細收藏記錄並回贈紀念品，謝謝！

1.您購買的書名：______________________________

2.您從何得知本書的消息？

☐網路書店　☐部落格　☐資料庫搜尋　☐書訊　☐電子報　☐書店

☐平面媒體　☐ 朋友推薦　☐網站推薦　☐其他__________

3.您對本書的評價：(請填代號　1.非常滿意 2.滿意 3.尚可 4.再改進)

封面設計____　版面編排____　內容____　文/譯筆____　價格____

4.讀完書後您覺得：

☐很有收獲　☐有收獲　☐收獲不多　☐沒收獲

5.您會推薦本書給朋友嗎？

☐會　☐不會，為什麼？______________________________________

6.其他寶貴的意見：____

____

____

____

讀者基本資料

姓名：____________________　年齡：______　性別：☐女　☐男

聯絡電話：________________　E-mail：____________________

地址：____

學歷：☐高中(含)以下　☐高中　☐專科學校　☐大學

☐研究所(含)以上　☐其他_______________

職業：☐製造業　☐金融業　☐資訊業　☐軍警　☐傳播業　☐自由業

☐服務業　☐公務員　☐教職　☐學生　☐其他__________

請貼
郵票

To：114

台北市內湖區瑞光路 583 巷 25 號 1 樓

秀威資訊科技股份有限公司　　　收

寄件人姓名：

寄件人地址：□□□

(請沿線對摺寄回,謝謝!)

秀威與 BOD

BOD（Books On Demand）是數位出版的大趨勢，秀威資訊率先運用 POD 數位印刷設備來生產書籍，並提供作者全程數位出版服務，致使書籍產銷零庫存，知識傳承不絕版，目前已開闢以下書系：

一、BOD 學術著作—專業論述的閱讀延伸

二、BOD 個人著作—分享生命的心路歷程

三、BOD 旅遊著作—個人深度旅遊文學創作

四、BOD 大陸學者—大陸專業學者學術出版

五、POD 獨家經銷—數位產製的代發行書籍

BOD 秀威網路書店：www.showwe.com.tw

政府出版品網路書店：www.*gov*books.com.tw

永不絕版的故事・自己寫・永不休止的音符・自己唱